ROMAN — GUIDE — GUIDE ANNONCES UNIVERSEL

Gardez cette Brochure

ELLE VOUS EST OFFERTE GRATUITEMENT

LE NUMÉRO PLACÉ ci-dessus PEUT VOUS FAIRE GAGNER CENT MILLE FRANCS

(Voir au verso)

LE NUMÉRO PLACÉ ci-dessus PEUT VOUS FAIRE GAGNER CENT MILLE FRANCS

(Voir au verso)

On trouvera le numéro gagnant dans

LA PETITE RÉPUBLIQUE FRANÇAISE

du Mardi 28 Septembre

La *Petite République Française* publiera dans le numéro du 27 Septembre la suite de l'émouvant roman dont nous donnons ici le commencement :

LE BILLET DE MILLE

Par A. MATTHEY

Administration du ROMAN-GUIDE, E. Picard et Cie 56, rue de Dunkerque, Paris.

NOTICE

Cette brochure, Série A, tirée à 300,000 exemplaires, porte un numéro (1 à 300,000).

Chacun des numéros de cette série concourt, par voie de tirage, à *UNE OBLIGATION libérée du Crédit Foncier de France* remboursable à 500 francs, productive d'un intérêt annuel de 15 fr. et participant à 6 tirages par an. Chaque tirage se compose de :

2 lots de	**100,000** fr.		**200,000** fr.
1	—	**25,000** —	**25,000** —
4	—	**10,000** —	**40,000** —
5	—	**5,000** —	**25,000** —
90	—	**1,000** —	**90,000** —

Soit **100 lots** d'une valeur de **360,000** francs

L'obligation du Crédit Foncier de France, offerte en prime, porte le n° 914,787, émission 1879; elle est déposée au Crédit Lyonnais, ainsi que le constate le bulletin suivant :

« CRÉDIT LYONNAIS
SOCIÉTÉ ANONYME
CAPITAL : 200 millions
PARIS

RÉCÉPISSE DE DÉPOT N° 35,7[illegible]4

UNE OBLIGATION FONCIÈRE 1879, N° 914,787 »

Le tirage au sort de cette série aura lieu publiquement le 27 septembre prochain, salle des Conférences, 39, boulevard des Capucines, à 4 heures de l'après-midi, en présence de 3 délégués.

L'Obligation du Crédit Foncier de France sera délivrée au possesseur de la brochure INTACTE, portant le numéro gagnant.

Au cas de non réclamation du lot dans les trois mois qui suivront le tirage, l'obligation sera remise d'office à M. le président de la « Société des Victimes du Devoir ».

LE BILLET DE MILLE

ROMAN PARISIEN

PAR

A. MATTHEY

PREMIÈRE PARTIE

L'HÉRITAGE DE L'ONCLE

I

SUR LA FALAISE

Les trois hommes suivaient la falaise qui s'étend, au sortir du Havre, dans la direction du phare de la Hêve.

Deux marchaient en tête; — le troisième, à longue distance, bien que parcourant le même chemin, ne faisait point partie de leur compagnie, et semblait même prendre quelques précautions pour n'être point aperçu de ceux qui le précédaient.

Tous trois s'avançaient par un étroit sentier à travers champs; sentier sinueux, parfois encaissé entre des talus gazonnés ou rocailleux, se noyant à de fréquents intervalles dans l'ombre plus épaisse de bouquets d'arbres maigres et bossués. Leur allure tourmentée, leur air souffreteux et rabougri, auraient suffi pour dénoncer le souffle trop puissant de l'Océan, dont la rumeur montait d'en bas, sourde et lourde.

Aussi le troisième personnage, celui qui paraissait suivre les autres, les perdait-il de vue fréquemment, et d'autant plus qu'il était neuf heures du soir, qu'on était au mois d'octobre, et que le *norois*, comme disent les marins, c'est-à-dire le vent du nord-ouest, avait, pendant toute la journée, soufflé en tempête, massant les nuages au ciel et soulevant les flots de la mer.

Sur la gauche, on la devinait à l'opacité de vache noire qui allait se confondre avec la ligne plus grisâtre de l'horizon.

Le vent s'était calmé peu après le coucher du soleil et ne se faisait plus sentir que par courtes rafales, âpres et mouillées, qui pénétraient à travers les vêtements et vous glaçaient jusqu'aux os, — ce dont semblait souffrir cruellement

BÉBÉ JUMEAU

Diplôme d'Honneur 85

Récompense UNIQUE

Obtenue jusqu'à ce jour dans tout le JOUET Français

Mamans et papas !

Le voici mon joli ***BÉBÉ JUMEAU***, le voici !

Oh ! que je suis heureuse ! Il y a longtemps que je le désirais. Maintenant, je vais l'habiller, le déshabiller, lui faire faire toutes mes volontés. Il sera mon compagnon, toujours, partout. Avec lui je serai gaie comme un pinson et sage comme un ange. C'est une merveille, savez-vous bien, que le ***BÉBÉ JUMEAU***, une chose unique au monde ! Il n'y a que Paris pour créer de si belles choses. Toutes les petites filles qui seront bien sages en recevront un pour récompense, et les mamans et les papas ne rêveront pas d'autre jouet pour le soulier de Noël ou le Jour de l'An.

D'ailleurs, on le trouve partout, en France, à l'Etranger, partout, où le goût et l'esprit ont un empire, règne le Roi des Bébés. — Le ***BÉBÉ JUMEAU***, ***THE ONLY ONE !***

Demandez-le dans toutes les Maisons de premier ordre.

IL EST MARQUÉ :

BÉBÉ JUMEAU

le promeneur isolé dont nous avons si gnalé les précautions.

Autant qu'on en pouvait juger dans l'obscurité de cette triste soirée d'automne, au bord de la Manche, ece promeneur devait être jeune. — Assz long, assez maigre, il n'avait pour tout vêtement qu'un chétif veston et un pantalon de même étoffe et de même couleur ; et ce n'était pas là une cuirasse suffisante à le protéger contre les morsures du *norois* et l'humidité saline qu'il dépose sur son passage.

Aussi le malheureux jeune homme allait-il la poitrine rentrée, la tête en avant, les mains dans les poches, avec cette allure résignée et hâtive à la fois, qui donne à la démarche l'aspect d'une fuite devant un ennemi trop puissant.

La lune à longs intervalles, en glissant un pâle rayon, vite éteint, entre deux nuages entraînés par la poussée du vent, permettait de distinguer en plus que cet individu avait les cheveux et la barbe noirs et devait appartenir, malgré sa misère évidente, aux classes élevées de la société.

Il y a, en effet, jusqu'au dernier degré de la chute, une manière de porter le dénûment qui révèle l'homme bien élevé et la distinction native.

Deux ou trois fois même, alors qu'il s'arrêtait, aux endroits découverts du chemin, de peur que sa maigre silhouette n'attirât l'attention de ceux qui le précédaient, — il avait, tirant une main de la poche de son pantalon mince, porté cette main, d'un geste machinal, à hauteur de ceinture, comme pour y chercher une montre absente et lire l'heure.

Mais il n'achevait pas le geste et promenait ses yeux sombres autour de lui, notamment dans la direction du Havre, — dont on apercevait, à certains tournants du sentier, les lueurs dans le lointain, rougies et barbouillées par la brume de l'atmosphère automnale, — comme s'il eût espéré y découvrir quelque indice de la mesure du temps écoulé.

Les deux personnages qui le précédaient, eux, ne semblaient s'occuper de rien que de la conversation où ils s'absorbaient, marchant très lentement, en gens qui se promènent et font les cent pas, bien plus qu'en voyageurs qui se rendent à un but déterminé quelconque ; — et franchement il y avait là quelque chose de peu attendu et de peu rationnel, eu égard au lieu, à la température et à l'heure.

Quand nous avons écrit le mot conversation, nous avons, du reste, employé un mot impropre, car l'un d'eux parlait seul, et cela visiblement avec une grande abondance, tandis que l'autre se contentait d'écouter, — avec une extrême attention, il est vrai, et un très vif intérêt.

Celui qui parlait était petit, devait avoir un certain âge, bien qu'il fût impossible de distinguer de sa personne autre chose qu'un énorme pardessus, sorte de houppelande assez large pour noyer entièrement les formes du corps, un immense cache-nez montant presque jusqu'aux yeux, et un chapeau de feutre mou enfoncé jusqu'à la rencontre du cache-nez, ne laissant qu'une ligne mince pour le passage du rayon visuel. — De plus, des gants fourrés cachaient les mains.

Ainsi enveloppé, cet individu eût pu, en plein midi, braver les regards indiscrets, sans crainte que personne le reconnût.

On eût dit un sac ambulant.

De ce sac sortait une voix sourde, éteinte et modifiée dans ses tonalités naturelles par les replis du vaste cache-nez de laine noire qui tamisait les sons émis avec précaution par des lèvres invisibles.

Son compagnon, au contraire, était jeune, svelte, élégant, de taille, d'aspect, de couleur assez semblables au maigre promeneur de l'arrière-garde, pour qu'en passant auprès d'eux successivement on eût pu les confondre ensemble, au costume près.

En effet, l'écouteur, vêtu d'un bon et chaud pardessus, le cou entouré d'un cache-nez de soie blanche dont on ne voyait guère passer que le nœud, au dessous du menton soigneusement rasé, paraissait, sinon riche, du moins tout à fait à son aise.

Sa maigreur, car il était maigre aussi, tenait à sa jeunesse et à son tempérament, nullement aux privations.

Peu à peu, le sentier suivi par les trois promeneurs s'était éloigné de la côte.

La ligne noire de l'Océan, à l'horizon, avait disparu.

On se dirigeait, maintenant, vers la droite, dans un terrain qui se ravinait, se bosselait, se couvrait de broussailles et de taillis un peu plus fournis.

Des haies s'élevaient çà et là, coupant la vue, augmentant l'ombre.

Le troisième promeneur n'apercevait plus que rarement la forme confuse de ceux qu'il suivait, et le plus souvent n'avait pour se guider que le bruit du roulement de quelque caillou se détachant sous la pression du pied.

Mais cela paraissait l'inquiéter peu.

Il n'y avait qu'à ne point quitter le sentier, pour être certain de ne point perdre la piste.

Depuis deux ou trois minutes, il avait même cessé absolument de les entrevoir et de les entendre, lorsque, tout à coup, il arriva à un point où le chemin se bifurquait.

D'un côté, il continuait de pénétrer dans les terres, semblant se diriger vers une sorte de masure en ruines, évidemment abandonnée, dont la silhouette lamentable se détachait assez brouillée sur le ciel, et paraissait occuper une légère éminence.

De l'autre, il redescendait vers la gauche, comme s'il eût voulu rejoindre la côte, et peut-être aboutir à la mer, par quelque fissure en pente rapide, à travers le mur formé par la falaise.

Notre jeune homme s'arrêta indécis, avec un geste de surprise.

Il releva la tête, interrogea du regard les deux sentiers pour découvrir celui qu'il devait prendre. — Mais tous deux, à partir de leur point d'intersection, avaient un tournant assez brusque qui arrêtait le rayon visuel.

Il tendit l'oreille, cherchant à saisir quelque son indicateur.

Le silence était profond.

Cela parut lui causer un dépit des plus vifs et presque de l'angoisse.

— Allons! — murmura-t-il entre ses dents. — J'ai si peu de chance que je suis capable de *le* perdre! — Et voilà qu'il se fait tard. — Reviendra-t-il sur ses pas? — Gagnera-t-il le Havre par une autre route? — Je ne connais pas le pays... Dois-je retourner en arrière et aller l'attendre à la gare?... Mais je ne sais pas l'heure... je suis capable d'arirver après le départ du train... et alors tout sera fini... perdu pour moi!... Adieu ma seule planche de salut!...

Il se secoua grelottant de froid, et de fièvre aussi.

— J'aurais dû les suivre de plus près! — Mais il m'avait tant recommandé de ne pas me montrer... et puis qui pouvait deviner que ce sentier de chèvre allait se bifurquer... juste pour m'égarer!

Tout en monologuant, il s'avançait, tantôt à droite, tantôt à gauche; puis, ne voyant personne, revenait sur ses pas, se haussait sur les pointes pour embrasser quelques millimètres d'horizon de plus, effort assez inutile, avec cet air embrumé et cette lune presque toujours enterrée sous les nuages noirs qui se succédaient en masses profondes, comme des bataillons en marche sur un champ de bataille.

Il se coucha de son long à plusieurs reprises, collant son oreille contre le sol, dans l'espoir de saisir, si faible qu'il fût, le contre-coup des pas sur les cailloux.

Rien... rien ne venait à lui!

Alors, découragé, pris de lassitude brusque, d'anéantissement violent, à la façon de ceux épuisés par une longue lutte contre le sort et en qui le désespoir, avec peine refoulé, éclate au moindre choc, il se laissa tomber sur la terre humide et glacée, plongea sa tête dans ses mains.

— Oh! Noémie! fit-il, — Noémie!...

Et deux larmes brûlantes coulèrent le long de ses joues creuses.

Il resta ainsi quelques secondes, puis tressaillit.

Le vent, un instant apaisé, revenait à présent plus vif; — il amenait, mêlé à son souffle, un bruit vague qui fit redresser la tête du jeune homme.

Il regarda du côté de la masure signalée par nous.

Un faible cri de joie desserra ses lèvres.

Là, sur l'éminence, deux ombres se mouvaient.

D'un bond, il fut sur ses pieds et s'orienta.

Evidemment, c'était le sentier de droite,

se dirigeant à travers les terres, qui menait à la masure.

Il s'y élança et parcourut une centaine de mètres, presque courant, ne craignant pas d'être vu, car un double rebord le cachait, en lui cachant également les deux hommes.

Mais il dut s'arrêter brusquement. — Un mur se dressait devant lui, mur élevé, impossible à franchir, où s'ouvrait une porte de bois, solidement close.

Il y avait là une propriété qui paraissait considérable et qui fermait le chemin.

Ce second obstacle ne découragea pas le jeune homme.

Ce n'étaient que quelques pas de plus à faire pour regagner la bifurcation et reprendre le sentier de gauche, délaissé par lui.

Du moment où il était sûr de sa direction, le reste lui importait peu.

Il revint donc en arrière, et regagna le point d'où il était parti et d'où le regard portait jusqu'à l'éminence couronnée par la masure en ruines.

Les deux hommes y étaient toujours, mais un peu plus sur le côté, à présent arrêtés, sur la même ligne, penchés tous les deux en avant, comme s'ils regardaient quelque chose, à distance, au-dessous d'eux.

Celui qui semblait enfermé dans un sac, le plus petit et, suivant toute probabilité, le plus âgé, se retira vivement en arrière. — Sa main s'agita en l'air, avec un tournoiement étrange.

En cet instant la lune se dégageait de son voile de nuages, comme si quelque puissance invisible, sachant qu'il y avait là un témoin, voulait qu'aucun détail n'échappât de ce qui allait se passer.

Sa main qui tournoyait était armée d'une corde fine, sorte de *lasso* court, où brillait à l'extrémité quelque bout de métal.

Elle décrivit un cercle, alla s'enrouler au cou du jeune homme, qui, tiré brusquement en arrière, s'abattit sur le dos, évidemment suffoquant, étranglé, car il ne poussa pas un cri.

Il se débattait faiblement, mais son compagnon, doué, sans doute, de quelque force extraordinaire, dans sa petite taille, s'était jeté sur lui, le maintenait du poids de son corps, tandis que, de la main restée libre, il fouillait le pardessus.

Puis, il se releva.

La victime ne bougeait plus.

L'assassin défit rapidement la corde qui entourait le cou, s'arc-bouta en arrière, et du pied poussa le corps, qui disparut.

Une seconde s'écoula : — un bruit sourd, mat, de chairs s'aplatissant sur des galets, traversa l'atmosphère, emporté dans la tempête qui revenait.

II

OU LE TÉMOIN RENCONTRE L'ASSASSIN ET CE QUI S'ENSUIT

Ce que nous venons de raconter s'était passé avec une si foudroyante rapidité que celui qui y assistait, à distance, d'abord pris de stupeur, resta cloué sur place et muet, les yeux grands ouverts.

Mais, au moment où le corps, poussé dans l'espace, disparaissait, oubliant qu'il était hors de portée, il s'élança droit devant lui, comme un fou, en hurlant :

— Misérable ! assassin !... Au secours ! au se.....

Il ne put achever : il venait de rouler dans un fossé, auquel il n'avait pas pris garde.

Quant à sa voix, elle n'était pas parvenue, évidemment, jusqu'au meurtrier, lequel restait penché sur le bord de

l'abîme, regardant à ses pieds si son œuvre était accomplie.

Le vent qui soufflait de la pleine mer emportait le son vers la ville du Havre, et le témoin du crime eût pu crier longtemps sans éveiller l'attention du criminel.

Cette chute au fond du fossé, d'ailleurs peu profond, ramena notre personnage au sentiment de la réalité, — à savoir qu'il n'y avait qu'un moyen de rejoindre l'assassin, c'était de suivre le sentier pris par lui, et qu'il valait mieux garder le silence que l'avertir, alors qu'il pouvait fuir et se cacher de façon à échapper à toutes les recherches.

Il se releva, regagna la route tracée, et, se courbant pour ne point découper son ombre sur l'horizon, il regarda.

L'homme était toujours en vue. — Seulement, il lui faisait face à présent et marchait précipitamment, comme pour regagner le sentier par lequel il était venu.

Sans s'inquiéter du danger qu'il pouvait courir à tenter seul d'arrêter en rase campagne, loin de tout secours, l'assassin qui venait de montrer un si rare sang-froid et une énergie musculaire de nature à faire naître des idées de prudence chez un homme de courage ordinaire, celui dont nous nous occupons plus particulièrement depuis le commencement de ce récit s'élança en avant, — emporté par l'indignation et le désir de venger promptement la mort de la victime, en livrant le meurtrier à la justice.

S'il avait été moins troublé par l'horrible spectacle auquel il venait d'assister, et s'il avait été de tempérament plus pondéré, au lieu d'entreprendre une tâche aussi difficile et dont le succès paraissait si peu assuré, il se fût contenté d'attendre le misérable, en se cachant, et de le suivre discrètement, jusqu'au moment où il eût pu réclamer l'aide de la police ou de quelques citoyens énergiques.

Mais, évidemment, c'était un homme de premier mouvement, agissant volontiers avant d'avoir réfléchi, sous l'impulsion irrésistible d'une âme ardente.

Il s'enfonça donc dans le sentier où il devait rencontrer l'assassin, courant de toute sa vigueur, balbutiant entre ses dents :

— Le pauvre garçon! le pauvre garçon!... Si heureux de vivre!... Si bon..., si généreux!...

Cependant, au bout de quelques pas, il ralentit son allure, comprenant que l'état d'essoufflement où il se mettait diminuerait encore ses forces physiques qui n'étaient pas, déjà, des plus remarquables, et que l'assassin, en l'entendant venir ainsi, s'échapperait peut-être à travers champs.

Il s'arrêta donc à un tournant, reprit haleine et écouta.

Bien lui en prit.

En tendant l'oreille, il perçut le bruit d'une marche précipitée dont la direction venait à sa rencontre.

— C'est lui! pensa-t-il. — Je n'ai qu'à l'attendre... Cela vaut mieux.

Et il se tapit contre le tronc d'un saule qui faisait ombre et dissimula entièrement son maigre corps.

Nous devons dire qu'une fois dans le sentier qui était en creux et tournait fréquemment les deux hommes ne pouvaient plus se voir qu'à une très courte distance.

L'assassin, tout en marchant précipitamment, s'arrêtait parfois.

Il n'était pas douteux que ce ne fût pour écouter et regarder autour de lui si rien ne menaçait sa retraite!

Enfin, il apparut.

C'était bien le petit homme empaqueté, dont les traits et même la tournure ordinaire échappaient à toute investigation indiscrète.

Il marchait la tête penchée en avant, l'oreille tendue, rasant le talus, pour tenir le moins de place possible et échapper à ce regard quelconque, venu on ne sait d'où, invisible à tous, et que le criminel croit toujours sentir attaché sur lui.

S'avançant ainsi, dans la pénombre, il avait des allures de bête fauve, quelque chose de bas et de féroce, de lâche et de terrible, à la fois, qui dégageait autour de lui la peur dont il était empli, et qui eût fait reculer beaucoup d'hommes et non pas des moins résolus.

Mais notre jeune homme, en le reconnaissant, ne vit que la scène abominable

RAOUL

(EN FACE LA PORTE SAINT-MARTIN)

RAOUL

Innovateur Français

CHAUSSURES COUSUES pour Messieurs **12f.50**

CHAUSSURES COUSUES pour Dames **12f.50**

RAOUL prouve que sa chaussure vendue 12 fr. 50 vaut 22 francs.

GENTLEMENS, CHASSEURS ET RÉSERVISTES

ALLEZ CHEZ **RAOUL**

en face la Porte St-Martin

Seule succursale rue Montmartre

Coin rue Etienne-Marcel, près la Poste

RAOUL, innovateur, en face la Porte Saint-Martin.

RAOUL, innovateur, chaussures cousues. — 12 fr. 50

qui venait de s'accomplir sous ses yeux, la mort de cet individu, sans défiance, succombant à un infâme guet-apens ; et un besoin de le venger la victime plus violent lui monta au cerveau, tandis qu'une généreuse fureur précipitait les battements de son cœur.

Arrivé à deux pas du tronc d'arbre, l'assassin s'arrêta brusquement, comme averti par un secret instinct de la présence de l'ennemi. — Sa tête s'était relevée ; ses yeux luisaient entre l'intervalle du cache-nez et du chapeau de feutre mou, yeux clairs, à reflets d'acier.

Le jeune homme se crut découvert, et sans attendre davantage, il bondit sur l'homme, essayant de le saisir à la gorge, lui criant :

— Misérable ! rends-toi !

Surpris par cette brusque attaque, troublé et diminué de forces par la terreur et la détente nerveuse qui succèdent au paroxysme de tension qui a permis l'accomplissement du crime, l'assassin poussa un cri sourd d'angoisse et essaya d'abord de fuir.

Il y eut une courte lutte, pendant laquelle son chapeau tomba, découvrant des cheveux grisonnants coupés ras, et son cache-nez se déroula, livrant son visage aux regards de celui qui le tenait au collet.

Les deux hommes luttaient, tout près du talus, perdus dans l'ombre, malgré la clarté passagère de la lune qui, laquelle de nouveau dégagée de son enveloppe de nuages, éclairait le côté opposé du chemin creux.

En se débattant, les adversaires tournèrent eux-mêmes, et le rayon blafard de la lune frappa en plein le visage découvert de l'assassin.

A cette vue, le jeune homme poussa un cri terrible, — cri de stupeur, de douleur, de désespoir, d'horreur indicible, — et lâcha le misérable, comme pris tout à coup de paralysie foudroyante.

Une sueur froide, couvrait son front ; un tremblement convulsif agitait tout son corps.

L'assassin, sans comprendre la cause de ce cri et de cette brusque accalmie, en profita pour se rejeter en arrière, fouillant dans sa poche, et en retirant un couteau fermé qu'il s'apprêtait à ouvrir, pour vendre chèrement sa vie, ou clore à jamais la bouche qui pouvait le dénoncer.

Mais il n'eut pas le temps de s'en servir.

Le jeune homme effaré, hors de lui, avec les yeux d'un fou, plus livide qu'un cadavre, emporté par une force supérieure, avait bondi par-dessus le talus, peu élevé, et s'échappait à travers champs, sans regarder derrière lui, comme s'il eût été l'assassin, qu'il eût été poursuivi et que le salut de sa vie eût dépendu de la rapidité et de l'énergie désespérée de sa course.

Le meurtrier avait tenté de le rejoindre ; mais plus petit et moins jeune que son adversaire, quoique doué d'une force musculaire bien supérieure, et, de plus, alourdi et embarrassé par les épais vêtements sous lesquels il avait dissimulé et pour ainsi dire enfoui sa personnalité, il dut s'y reprendre à deux fois pour gravir à son tour le talus. Lorsqu'il en toucha la cime, le jeune homme avait déjà disparu derrière les buissons et les bouquets d'arbres qui hérissaient la plaine redevenue tout à fait obscure, la lune étant de nouveau masquée par un lourd écran de nuées noires.

L'assassin parut hésiter quelques secondes ; puis, jugeant toute poursuite inutile et même dangereuse, il redescendit dans le chemin, où il ramassa son chapeau et renoua son cache-nez.

— Quel est cet homme ? murmurait-il. — Un témoin ? — Un fou ? — A-t-il eu le temps de me voir assez pour reconnaître mon visage, plus tard ?... Bast ! — Qu'ai-je à redouter une rencontre ? — Il est au Havre... demain matin, je serai à Paris ! Fuyons... et quittons cette enveloppe qui me dénoncerait... *L'autre* ne parlera pas !

Il eut un involontaire frisson, et s'éloigna.

Pendant ce temps, notre jeune homme continuait de courir, haletant, butant contre les obstacles en les franchissant, en proie à l'épouvante de quelque vision qui secouait les fibres les plus intimes de son être.

Dans cette course, il avait perdu son chapeau, enlevé par le vent, et ses cheveux noirs, assez longs, naturellement bouclés, raidis par la terreur, détrempés par la sueur glacée qui le

baignait, se collaient à son front, à ses joues, ou flottaient par mèches compactes au souffle intermittent de la tempête,

Au bout d'un quart d'heure, cependant, il s'arrêta, épuisé, manquant d'haleine, prêt à suffoquer.

Alors, il se retourna frissonnant, regardant derrière lui, avec le mouvement d'un enfant peureux, qui craint de voir un spectre menaçant.

Il était seul.

Cela parut le rassurer.

De son mouchoir, il s'épongea le visage.

Lui! — dit-il enfin. — *Lui*... cet homme... Est-ce possible? Ne suis-je pas fou?.... Non, j'ai bien vu!... C'est effroyable!... Et Noémie!... Oh! pauvre enfant!

Ses dents claquèrent, et il défit violemment sa petite cravate, pourtant bien légère, déboutonna son veston et son gilet, offrant son visage décomposé et sa poitrine presque nue au vent froid et âpre qui venait de la pleine mer.

Cela parut le soulager et ramener un peu de sang-froid dans son cerveau en ébullition.

Mais, si le crime avait été connu, à cet instant, et si on l'eût rencontré là, il n'est pas douteux qu'on ne l'eût arrêté de confiance, comme auteur de l'assassinat.

— Et ce malheureux, qu'il a tué!... — répétait-il. — Tué!... Est-il bien mort? — Ah! peut-être agonise-t-il, là-bas, sur le galet, implorant un secours qui ne vient pas... et qui pourrait le sauver...

Alors, avec cette brusquerie d'impressionnabilité qui semblait faire le fond de sa nature, il se cramponna à cette idée.

— C'est le seul être bon, généreux, obligeant, pitoyable au malheur que j'aie rencontré... — continua-t-il. Par lui, j'aurais été arraché au désespoir!... Lui mort... tout est fini pour moi... Fini... bien fini,... oui. Il était ma seule branche de salut... et la voilà brisée... et par qui... Par ce...

Il s'arrêta encore frissonnant.

— Il me reste un dernier devoir... puisque je ne puis le venger... en dénonçant son assassin... Oh! cela... non... jamais!... J'emporterai ce secret dans ma tombe... Je dois, du moins, tout tenter pour le rappeler à la vie... s'il est encore possible... J'obtiendrai qu'il se taise aussi... Je lui dirai tout... Il ne me refusera pas cela!... Mais s'il est mort... Eh bien, s'il est mort... C'est un ami... C'est moi qui veillerai cette nuit près de sa pauvre dépouille, et demain qui rendrai les derniers devoirs à son cadavre... quand on m'aura aidé à le ramener au Havre.

Cette résolution prise, il essaya de s'orienter.

Il avait fui, tournant le dos à la mer.

La direction du vent lui indiqua celle qu'il devait suivre pour redescendre à la côte; et tel qu'il était, insensible aux morsures de l'air salin, ignorant de sa propre lassitude, il se remit en marche.

SOUS LA FAL...

Aux pieds de la falaise à pic, étendu sur le galet, qu'il tachait de son sang, gisait le corps de sa victime.

Il était tombé la face en avant, et le crâne fracturé avait laissé jaillir une partie de la cervelle par une horrible fente. — Une flaque de sang, dégoulinant lentement par petits ruisselets entre les interstices des galets qui recouvraient un fond de sable fin, allait s'élargissant autour du cadavre, dont les bras écartés formaient comme une croix sinistre.

C'était l'heure de la marée descendante. — Le flot ne venait plus qu'en mourant, léchant une des deux mains et laissant un peu d'écume blanche aux cheveux

longs et noirs que l'agonie avait raidis.

On eût dit que la mer, prise d'horreur devant ce crime lâche, reculait, refusait d'en effacer les traces, laissant à la justice humaine ce témoignage irréfragable, et ne voulait pas se salir au contact de ce sang qui allait se coagulant.

Du reste, sauf la blessure du crâne éclaté et cette allure particulière que donne la mort, presque rien n'était changé dans l'aspect de ce corps, sauf un excès d'aplatissement des chairs flasques encore, où s'étaient moulées en creux toutes les saillies de ce coin de côte, pris entre la falaise à pic et l'océan qui fuyait à l'horizon.

La victime avait été surprise si à l'improviste, sa résistance avait été si faible et la lutte si courte, que les vêtements paraissaient à peine dérangés, et que le chapeau de l'assassiné, détaché de sa tête pendant le mouvement de la chute, n'avait roulé qu'à quelques mètres.

L'endroit était merveilleusement choisi pour un semblable attentat.

Sur ce point de la côte on ne passait guère, même en plein jour, la haute mer n'y laissant aucun sentier à sec et venant mordre impuissante le pied de la falaise, dont il ne restait plus que l'ossature rocailleuse.

Le haut surplombait et formait saillie.

C'est à peine si, à marée basse, pendant quelques heures, les femmes de pêcheurs s'y hasardaient, en quête de crevettes dans le sable, ou de moules, dont abondaient plusieurs pointes de rochers saillantes au reflux et couvertes de leur gluante chevelure d'algues pustuleuses.

Le sentier suivi par nos trois promeneurs n'était guère plus fréquenté, n'aboutissant qu'à la masure abandonnée, plantée sur le bord de l'abîme, et qui servait d'abri contre les pluies d'orage ou contre les ardeurs du soleil à quelques bergers menant paître des moutons sur la hauteur.

Cependant la mer se retirait peu à peu, découvrant de plus en plus cette partie de la côte, et montrant l'extrémité d'un ou deux sentiers de chèvre qui permettaient d'arriver jusqu'à l'endroit de la plage où gisait le cadavre.

Enfin, par l'un de ces sentiers apparut une forme humaine, — celle du jeune homme qui avait fui, en reconnaissant l'assassin.

Il s'avançait, glissant sur les herbes humides et ces étranges végétations marines qui ont des aspects de chairs boursouflées de noyé ayant longtemps séjourné sous l'eau.

Ses prunelles enfiévrées cherchaient à percer l'ombre.

On voyait à ses mouvements indécis, à ses brusques retours en arrière, puis à ses élancées en avant, qu'il cherchait à s'orienter.

Enfin, il aperçut la masse plus noire, balafrée d'une ligne blanche par le cache-nez de soie.

Arrivé près du cadavre, il s'agenouilla, presque tendrement, étendant une main qui tremblait pour tâter ce corps immobile.

Il y restait encore une certaine tiédeur.

Avec précaution, lentement, il souleva la tête non encore raidie et l'amena de façon à regarder le visage.

Mais il poussa un cri sourd d'horreur et la laissa retomber.

La figure ne formait plus qu'une sorte de bouillie sanguinolente, où tous les traits aplatis et déchirés, les yeux crevés et vidés par les pointes de roche et les angles des galets, se mêlaient et se confondaient en quelque chose d'effroyable et qui n'a de nom en aucune langue humaine.

Non seulement, le jeune homme avait laissé retomber la tête, mais il avait reculé de deux pas, emporté par ce sentiment de crainte et de dégoût que devait inspirer un semblable spectacle à tout être nerveux.

Seuls un médecin ou un homme de justice, accoutumés à l'aspect de toutes les monstruosités physiques et morales, auraient pu supporter cette vue, sans un vif mouvement de répulsion et d'effroi.

— Il est bien mort! murmura-t-il d'une voix étouffée, sortant avec peine de sa gorge qui se séchait.

Et il alla s'asseoir sur un quartier de roc, à quelque distance, se sentant si fai-

ble et si brisé qu'il craignait de perdre connaissance.

Là, il resta près d'un quart d'heure immobile.

C'était vraiment un paysage sinistre et un tableau étrange.

La falaise s'élevait droite et sombre, comme une muraille infranchissable.

La mer s'étendait noire, à perte de vue, se massant au loin, et n'envoyant plus qu'un souffle éteint et mystérieux, semblable à quelque gémissement ou à quelque soupir d'un colosse endormi.

Le ciel, couleur d'encre, et que ne trouait plus aucun rayon de lumière, paraissait de granit recouvert de crêpe.

Tout au fond, sur la gauche, une lueur rougeâtre, immobile, comme un œil sanglant fixé dans le vide.

C'était le phare de la jetée.

Le vent tombé retenait son haleine.

Et perdus dans cette ombre, emprisonnés dans cette immensité, deux corps également immobiles : — le cadavre qui ne perdait plus son sang figé ; — le vivant qui songeait.

A quoi songeait-il ?

A sa vie brisée, dont le dernier fil s'était rompu par le meurtre de ce malheureux étendu à ses pieds ; — à son dernier espoir plus mort que le mort que rien ne réveillerait plus.

Il songeait que, sans ce crime, il aurait pu être heureux, peut-être, ou, tout au moins, lutter pour conquérir le bonheur, ce qui, le plus souvent, est le seul but de l'existence.

Il songeait que ce pauvre corps broyé, défiguré, à l'état de boue sanglante, avait contenu la seule âme compatissante et vraiment généreuse qu'il eût rencontrée !

Il songeait que ces lèvres disparues dans le creux de la bouche, agrandi par la brisure et l'émiettement des dents, lui avaient dit les seules paroles encourageantes qu'il eût entendues depuis longtemps.

Il songeait que ces yeux crevés et vidés, dont on n'eût pu deviner désormais la couleur, lui avaient souri amicalement et s'étaient remplis d'une flamme généreuse, la veille, quand il subissait le suprême affront où peut conduire la pauvreté.

Puis, il pensait à *elle*... qui l'attendait, là-bas, à Paris, se demandant pourquoi il avait ainsi disparu... à *elle* qu'il aimait à en mourir... et dont il se croyait, depuis quelques heures, moins séparé.

Et son idée revenait à l'assassin ; et sa chair devenait grenue à ce souvenir.

Ainsi, il ne pourrait même pas venger ce pauvre être, égorgé sous ses yeux !

Il ne pourrait livrer l'infâme qui l'avait frappé, et qui, en le tuant, tuait aussi tous les espoirs d'avenir du survivant, le condamnait à mort.

— Allons ! — dit-il en se levant tout à coup — la partie est perdue. Je n'ai plus à lutter, puisque je n'ai plus d'espoir, et que, d'ailleurs, tout me manque pour lutter... pour vivre même. — Le suicide... ce suicide auquel j'étais décidé, quand ce pauvre malheureux m'a tendu la main, et m'a dit : Vivez ! — le suicide est redevenu ma seule ressource.

Il regarda le ciel comme pour y chercher une étoile qui lui dît :

« Espère ! »

Mais le ciel s'étendait sur sa tête, chape de plomb sans une trouée.

— C'est déjà une tombe ! murmura-t-il avec un sourire amer.

— Vivre sans elle... je ne le puis... Vivre avec le poids de cet horrible secret... je ne le puis davantage.

Il fit deux pas en avant, plongea sa main dans la poche de côté de son veston, en retira un revolver.

— Le dernier ami ! — ricana-t-il. — Heureusement qu'il me reste dans ma misère !

Il l'arma, vérifia le mécanisme, puis s'agenouilla.

— Oh ! Noémie, — dit-il d'une voix où tremblait la dernière poussée d'une passion désordonnée et toute-puissante ; — Noémie, ange qui m'as consolé, un jour !... Adieu !

Il appuya le canon sur sa tempe. — Mais il s'arrêta, se releva.

— Je veux le voir une dernière fois !

Il revint près du cadavre et se pen-

RAOUL

(EN FACE LA PORTE SAINT-MARTIN)

RAOUL

Innovateur Français

CHAUSSURES COUSUES pour Messieurs 12f.50
CHAUSSURES COUSUES pour Dames 12f.50

RAOUL prouve que sa chaussure vendue *12* fr. *50* vaut *22* francs.

GENTLEMENS, CHASSEURS ET RÉSERVISTES

ALLEZ CHEZ **RAOUL**

en face la Porte St-Martin

Seule succursale rue Montmartre

Coin rue Etienne-Marcel, près la Poste

RAOUL, innovateur, en face la Porte Saint-Martin.

RAOUL, innovateur, chaussures cousues. — 12 fr. 50

cha vers lui, tout tremblant d'horreur.

— Quelle folie! pensait-il; avant une minute, je serai aussi affreusement défiguré que lui, et, demain, quand on trouvera nos deux corps, l'un près de l'autre, ce n'est qu'au costume qu'on pourra faire la distinction entre Marius Melvil et Antonin Gudin! . . . . .

. . . .

Au matin, la lumière grisâtre, qui filtrait péniblement à travers la brume, retrouva le corps étendu sur les galets, la face contre le sol.

Mais il était seul?

IV

ENQUÊTE SOMMAIRE

Ce furent des pêcheurs, passant en vue de la côte avec leur barque, qui aperçurent les premiers le cadavre abandonné.

La marée qui montait l'aurait eu recouvert une heure plus tard.

Au premier abord, on crut qu'on avait affaire à un noyé; mais cette idée ne résista pas à l'examen le plus rapide.

Le médecin qui inspecta le corps déclara qu'il n'avait point séjourné dans l'eau.

Maintenant, la mort était-elle le résultat d'un accident ou d'un crime ? — C'est ce que les investigations auxquelles la justice allait se livrer et une autopsie attentive ne tarderaient pas à faire connaître.

En attendant, la question était de constater l'identité du mort.

Nos lecteurs savent qu'à l'inspection du visage, cela était de toute impossibilité; mais il y avait les vêtements qu'on fouilla et dans lesquels on trouva un portefeuille et divers papiers de nature à éclairer complètement les magistrats.

Dans le portefeuille, assez usé et en mauvais état, il y avait plusieurs lettres adressées à M. *Antonin Gudin*, soit à Paris, soit au Havre, à l'hôtel de XXX ce qui indiquait également le dernier domicile occupé par la victime. — On ne pouvait en douter, d'ailleurs, à l'inspection d'une note acquittée, à la date de l'avant-veille, et montant à la somme de 175 fr. et quelques centimes, pour frais de chambre et de nourriture, pendant quinze jours, service et bougie compris.

Une lettre attira plus particulièrement l'attention des gens de justice.

Cette lettre assez courte, signée : — *Marius Melvil*, et dont nous donnerons la teneur exacte, en temps et lieu, disait en substance :

« Venez m'attendre, ce soir, sur la falaise, où j'ai un rendez-vous. — Nous retournerons ensemble au Havre, afin de ne point perdre de temps, car je compte, ce soir même, prendre le train pour Paris. Je vous remettrai les trois mille francs dont je puis disposer en votre faveur. » Etc., etc.

Or, après avoir retourné toutes les poches du mort et inspecté très soigneusement, à plusieurs mètres de distance, le sol à l'endroit où l'on avait ramassé le cadavre, il fut constaté que le nommé *Antonin Gudin*, non seulement n'avait pas les trois mille francs sur lui, mais qu'il ne possédait pas un sou vaillant et qu'il n'avait pas même de montre.

— Du reste, — ajouta le commissaire de police qui se livrait à cette enquête, en compagnie du procureur de la République qu'on avait averti de la découverte du corps, — il n'est pas douteux pour moi que ce malheureux était fort misérable.

— En effet, — observa le procureur de la République, — ses vêtements ne sont guère de saison. — Ce pauvre petit veston léger, ce pantalon bon pour l'été... pas même de pardessus... Cependant, la finesse de la chemise et des chaussettes

RAOUL

(EN FACE LA PORTE SAINT-MARTIN)

RAOUL

Innovateur Français

CHAUSSURES COUSUES pour Messieurs **12f.50**

CHAUSSURES COUSUES pour Dames **12f.50**

RAOUL prouve que sa chaussure vendue 12 fr. 50 vaut 22 francs.

GENTLEMENS, CHASSEURS ET RÉSERVISTES

ALLEZ CHEZ **RAOUL**

en face la Porte St-Martin

(**Seule succursale rue Montmartre**

Coin rue Etienne-Marcel, près la Poste

RAOUL, innovateur, en face la Porte Saint-Martin.

RAOUL, chaussures chasse cousues. — 12 fr. 50.

semble indiquer qu'il avait connu des jours meilleurs, et ses mains m'ont frappé par leur forme délicate.

— Oui, oui... tout cela est juste, et nous ne tarderons pas à savoir quelle était sa situation sociale, grâce aux indications et aux adresses que nous possédons; mais, à coup sûr, il était réduit actuellement à la dernière extrémité, puisque ce Marius Melvil devait lui prêter, lui a même prêté, hier soir, suivant toute apparence, la somme assez considérable de trois mille francs.

— Ah ! encore un chiffon de papier, — s'écria le commissaire de police, interrompant ses réflexions.

— Qu'est-ce ? — demanda vivement le procureur de la République.

— Tenez, là, dans ce repli du portefeuille que je n'avais pas vu d'abord,... cela est plié comme une enveloppe.

Le papier fut ouvert.

Il ne contenait, en trois lignes, que six chiffres deux par deux, précédés d'une lettre de l'alphabet.

— Je vois ce que c'est, — fit le magistrat : — ce sont les numéros de trois billets de banque...

— Et ils se trouvaient enfermés dans ce papier.

— Mais ils n'y sont plus !

— En tout cas, l'individu les a repus..

— Alors, ils lui auraient été volés !

— Cela ne me paraît pas douteux.

— Donc, nous serions en face d'un crime et non d'un accident.

— Ç'a toujours été mon sentiment, — reprit le commissaire de police. — Il serait bien extraordinaire qu'il fût tombé du haut de la falaise, naturellement, — ce qui n'est peut-être jamais arrivé de mémoire d'homme. — On a bien ramassé deux corps, depuis quelques années, au même endroit à peu près, mais il s'agissait de deux suicides.

— Eh bien, un troisième suicide ne serait pas impossible.

— Certes..., seulement, ce n'est pas au moment juste où l'on vient de palper trois billets de mille francs que l'on songe à se tuer.

— Vous avez raison. Du reste, le docteur C... va nous renseigner, car le voici.

Cette scène se passait au commissariat de police du quartier de....., au Havre, où on avait transporté le corps trouvé sur la plage, et pendant que le commissaire et le procureur de la République échangeaient les commentaires et les observations que nous venons de rapporter, le docteur C... faisait, dans une pièce voisine, l'autopsie du cadavre livré à son enquête.

— Eh bien, docteur ? demanda le procureur.

— Eh bien, monsieur le procureur, il y a un assassinat, et non un accident.

Le commissaire ne put retenir un sourire de satisfaction, en voyant ses prévisions confirmées.

— Le malheureux, — poursuivit le docteur, — petit homme maigre, sec, à l'air ennuyé et indifférent, mais très habile médecin et jouissant d'une juste réputation dans la ville du Havre; — le malheureux a été étranglé, avant d'être précipité du haut de la falaise.

— Vous en êtes bien sûr ?

— Absolument certain.—Le cou, malgré les blessures faites par la chute et la rupture des vertèbres cervicales, porte des traces de strangulation évidente.

— A l'aide de la main ?

— Non, je n'ai point trouvé de traces de doigts, mais seulement la marque légère d'une pression égale, telle que peut la produire une corde à nœud coulant. Il y a mieux encore : les poumons révèlent un état de congestion qui prouve que l'asphyxie était presque complète lorsqu'on l'a lancé dans le vide...

— Alors, — interrompit le commissaire de police, l'air de plus en plus satisfait, — il aurait été vivant au moment de la chute?

— Je le crois. — Si l'asphyxie eût été complète et la mort aussi, le sang n'aurait pas coulé, comme il a fait, par les blessures.

— Mais que serait devenue la corde qui a servi à la strangulation ? — objecta le procureur de la République. — Si je ne me trompe, on ne l'a pas retrouvée au

cou de la victime, ni auprès d'elle.

— Non. — L'assassin ou les assassins ne s'en sont servis, probablement, que pour étouffer les cris de leur victime et la mettre hors d'état de se défendre. — Si le vol, comme je le suppose, était le mobile de l'attentat, après avoir dépouillé l'individu, ils ont enlevé la corde, qui aurait pu être une pièce de conviction et témoigner un jour contre eux, sachant bien que les pointes du rocher et le galet auraient raison du pauvre diable et qu'il n'en reviendrait pas pour les dénoncer.

— Alors, — conclut le procureur de la République, — s'il en est ainsi, la première chose que nous ayons à faire, c'est de retrouver l'endroit exact d'où a été précipité cet....., comment s'appelle-t-il déjà ?

— Antonin Gudin ! — répliqua le commissaire.

— Le terrain devra avoir gardé des traces de la lutte.

— C'est évident.

— Nous irons ensuite à l'hôtel de XXX, où ce malheureux était descendu, en venant de Paris, qu'il a habité précédemment; — et là nous recueillerons, sans doute, un certain nombre d'indications qui nous mettront sur la piste *du* ou *des* assassins.

Les trois hommes partirent aussitôt, accompagnés en plus d'un agent, fort intelligent et dans l'habileté et l'expérience duquel le commissaire de police avait la plus grande confiance.

Le point d'où évidemment Antonin Gudin avait été précipité, — puisque le mort, d'après les papiers trouvés sur lui, portait ce nom, — s'appelait dans le pays le *Bout du Monde*.

Cela tenait à ce que la fente qui s'ouvrait dans la falaise, auprès de la masure, et les propriétés particulières qui s'étendaient aux environs, empêchaient d'aller au delà.

Pour y parvenir, il n'y avait pas d'autre chemin que le sentier parcouru la veille, au soir, par les trois personnages que nous y avons suivis, au début de ce récit.

La terre détrempée par la pluie tombée avec abondance, à plusieurs reprises, dans la journée précédente, et entretenue humide par la brume [illegible]e, avait gardé fortement marquées les traces des pas.

— Plusieurs personnes ont passé là, depuis peu, — observa l'agent Bonnet, requis par le commissaire de police.

Nos quatre personnages, en évitant avec soin de les effacer, constatèrent que ces empreintes allaient droit à la masure, bien que d'autres empreintes, en sens inverse, indiquassent qu'on était revenu également par le même chemin.

Un peu au delà de la bifurcation, on releva les traces évidentes de la courte lutte engagée entre le meurtrier et le jeune homme qui voulait l'arrêter, ainsi que la marque profonde de ses pieds, lorsqu'il avait fui à travers champs.

Enfin les gens de justice arrivèrent à l'endroit même où le crime s'était accompli.

Là, rien ne fut plus facile que de reconstituer, dans son entier, la scène que nous avons sommairement décrite à la fin de notre premier chapitre.

Sur la terre molle, on distinguait parfaitement l'empreinte du corps étendu sur le dos et des coups de talon du malheureux qui se débattait dans les affres de l'étouffement par strangulation.

D'autres empreintes disaient clairement aussi la place occupée à l'arrière par l'assassin.

Toutes les conclusions tirées par le docteur C... de l'examen du cadavre se trouvaient donc confirmées par les faits.

— Cela est clair comme de l'eau de roche ! — s'exclama le commissaire, de plus en plus heureux de la perspicacité qui lui avait, du premier coup, révélé le meurtre sous l'accident apparent.

— Il y avait deux assassins très certainement, — ajouta l'agent Bonnet; — car il y a, sur le sentier suivi par nous, la trace de trois hommes.

Pendant que l'un exécutait le crime ici, — poursuivit-il lentement, — l'autre faisait le guet, plus bas, à la bifurcation.

— Mais la lutte évidente qui s'est produite là, comment l'expliquez-vous ? — demanda le commissaire.

RAOUL

(EN FACE LA PORTE SAINT-MARTIN)

RAOUL

Innovateur Français

CHAUSSURES COUSUES pour Messieurs 12f.50

CHAUSSURES COUSUES pour Dames 12f.50

RAOUL prouve que sa chaussure vendue *12* fr. *50* vaut *22* francs.

GENTLEMENS, CHASSEURS ET RÉSERVISTES

ALLEZ CHEZ **RAOUL**

en face la Porte St-Martin

Seule succursale rue Montmartre

Coin rue Etienne-Marcel, près la Poste

RAOUL, innovateur, en face la Porte Saint-Martin

RAOUL, chaussures high-life cousues. — 12 fr. 50.

— Si le vol a été le mobile de l'assassinat, il y aura eu querelle entre les deux assassins, au moment du partage de la somme volée. — Puis, soit qu'ils aient fini par tomber d'accord, soit que l'un des deux ait été le plus fort et ait dépouillé l'autre, l'un a pris à travers champs pour s'enfuir on ne sait où, tandis que son complice regagnait le Havre, par le sentier précédemment suivi.

— Cela saute aux yeux! — s'écria le procureur, convaincu et très frappé de la lucidité et de l'irréfragable logique des déductions du sieur Bonnet.

— Maintenant, — ajouta-t-il, — nous n'avons plus qu'à nous rendre à l'hôtel de XXX. Et, si les nouveaux renseignements que nous y recueillerons concordent avec nos prévisions, voilà une affaire en bon train et une enquête parfaitement menée.

Laissons les gens de justice se congratuler de leur perspipacité, et précédons-les à l'hôtel où ils se rendaient et où avait demeuré l'Antonin Gudin dont on cherchait à venger la mort.

2

LES TROIS VOYAGEURS

Pour la clarté du récit et afin que l'on puisse comprendre les événements qui vont suivre, nous sommes obligé de rétrograder d'environ quatre jours et de raconter les faits qui avaient précédé le drame dont nous venons de voir quelques-unes des scènes capitales.

Donc, quatre jours auparavant, un voyageur s'était présenté à l'hôtel de XXX et avait demandé une chambre.

— Si monsieur le désire, fit avec empressement l'employé auquel s'adressait le voyageur, je puis lui donner, au premier, sur le devant, une très belle chambre, ayant vue sur la jetée, le phare et la pleine mer.

— Oh! mon Dieu, — répliqua le nouveau débarqué, — j'y tiens peu, et cela m'est tout à fait indifférent. Après quinze jours de traversée, je la connais, votre mer, je vous assure!

Mais cela n'était pas indifférent au gérant de l'hôtel, qui tenait à placer sa plus belle chambre, — c'est-à-dire sa plus chère, — à une époque, le mois d'octobre 1880, où les voyageurs débarquant au Havre n'abondent pas, tout le monde, sauf les cas de nécessité absolue, redoutant les tempêtes et les grands vents de l'équinoxe d'automne.

— Si monsieur daigne la visiter, — poursuivit donc l'employé, — monsieur n'en voudra pas d'autre. — Rien n'est plus gai que le mouvement d'entrée et de sortie des vaisseaux, et, dans le lointain, par les ciels clairs, on aperçoit l'embouchure de la Seine, Honfleur sur la gauche et la plage de Trouville.

— C'est comme vous voudrez, après tout, — répliqua le voyageur d'un air de bonne humeur. — Seulement, je vous préviens que c'est à peine pour un jour ou deux. — Je ne fais que passer. — Je vais à Paris, et cela peut vous empêcher de louer cette chambre à quelqu'un qui aurait l'intention de rester davantage.

— Préparez le 18, — cria le gérant à un garçon qui passait, — et prenez la valise de monsieur.

Le garçon entra dans le bureau, saisit la valise, qui lui parut fort légère, et disparut vivement.

Le représentant de l'hôtel de XXX, satisfait et rasséréné par cet acte d'autorité qui lui assurait la victoire, se retourna de nouveau vers le voyageur et ajouta :

— Pendant qu'on prépare la chambre, monsieur veut-il remplir ce formulaire imprimé?

Il passa une feuille de papier à son interlocuteur qui, prenant une plume, remplit les blancs de la façon suivante :

Melvil (Marius). — Rentier. — Vingt-quatre ans. — Venant de la Guadeloupe. — Allant à Paris.

— Faut-il mettre aussi le nom du vaisseau qui m'a amené? — demanda-t-il.

— Oui, monsieur. — La police l'exige.

Marius Melvil ajouta donc :

Venu par le Saint-Pierre de la Cie X...

— Est-ce bien tout? demanda-t-il encore.

— Parfaitement, monsieur, — répondit le gérant après avoir lu. — Que monsieur veuille bien s'asseoir un instant. — Avant cinq minutes, la chambre sera prête.

Il regarda la pendule, placée sur la cheminée où flambait un assez bon feu de houille, car la saison était déjà un peu froide.

La pendule marquait neuf heures.

— Monsieur désire-t-il prendre quelque chose, avant le déjeuner à la table d'hôte, car je suppose que monsieur a l'intention de prendre ses repas à l'hôtel?

Le nouveau débarqué parut réfléchir une seconde; puis, songeant sans doute qu'il ne connaissait pas la ville, et se trouvant fatigué par quinze jours passés sur une mer qui n'avait pas toujours été bonne, il répliqua :

— A quelle heure la table d'hôte?

— Onze heures et demie très précises.

— Alors, vous me ferez seulement monter un verre de madère et quelques biscuits dans ma chambre, pour attendre le déjeuner.

Au moment où il terminait sa réponse, la porte du bureau s'ouvrit, et un jeune homme pénétra dans la petite pièce.

Celui-là n'arrivait pas du dehors: il descendait du premier étage et habitait visiblement la maison.

C'était un beau garçon qui devait avoir dans les vingt cinq ans, très brun, avec de grands yeux noirs, ainsi, d'ailleurs, que Marius Melvil.

Tous deux se ressemblaient un peu, à plusieurs égards, étant presque de même âge et de même taille, avec ceci en plus que si l'un, le premier arrivé, était créole, ainsi que l'indiquait un léger accent zézayant et la pâleur mate de sa peau dorée, l'autre, le nouveau venu, était évidemment d'origine méridionale, ce qui lui donnait presque au même degré ce teint mat et faiblement coloré qui est le propre des gens du Midi.

Mais là s'arrêtait la ressemblance qui eût été frappante à lire les deux signalements, mais qui ne permettait point de les confondre du moment où ils étaient en personne sous les yeux.

D'abord, ils différaient essentiellement d'expression.

Autant Marius Melvil, malgré la fatigue d'un long voyage pénible, paraissait content, satisfait, heureux de vivre, ouvert et joyeux, autant celui qui venait d'apparaître semblait triste, préoccupé, fermé, avec quelque chose de farouchement inquiet et désespéré dans le regard.

La pâleur du créole provenait des suites du mal de mer; la pâleur de l'autre provenait, à n'en pas douter, de quelque chagrin profond, de quelque amère désespérance.

— Il n'est rien venu pour moi? — demanda-t-il d'un ton à demi timide.

Le gérant, à sa voix, releva la tête.

— Non, monsieur, répondit-il d'un accent à peine poli.

— Ainsi... pas de lettre?

— Pas de lettre, non...

Le jeune homme fit le mouvement de se retirer. Sa pâleur avait augmenté à ces réponses négatives et un feu sombre s'était allumé dans ses prunelles noires, sous ses arcades sourcilières très proéminentes.

Mais, avant qu'il eût franchi le seuil de la porte, le gérant le rappelait.

— Pardon, monsieur Gudin, — dit-il, — je me trompais... il y a là quelque chose pour vous

RAOUL

(EN FACE LA PORTE SAINT-MARTIN)

RAOUL

Innovateur Français

CHAUSSURES COUSUES pour Messieurs 12f.50
CHAUSSURES COUSUES pour Dames 12f.50

RAOUL prouve que sa chaussure vendue 12 fr. 50 vaut 22 francs.

GENTLEMENS, CHASSEURS ET RÉSERVISTES

ALLEZ CHEZ **RAOUL**
en face la Porte St-Martin

Seule succursale rue Montmartre
Coin rue Etienne-Marcel, près la Poste

RAOUL, innovateur, en face la Porte Saint-Martin.

RAOUL, chaussures high-life cousues. — 12 fr. 50.

Ce disant, il avait allongé le bras vers un casier où il prit un papier plié en quatre.

— Ah! s'était écrié M. Gudin, en revenant vivement vers le bureau, tandis qu'une rapide rougeur montait à ses joues et que son visage s'éclairait au rayon d'une violente espérance.

— Voici, fit le gérant d'une voix sèche.

Le jeune homme saisit le papier, l'ouvrit ; sa main était fiévreuse.

Ce papier portait l'en-tête de l'hôtel.

C'était la note!

— Bien! bien! fit M. Gudin, dont le visage avait repris son expression sombre et dont la voix était devenue sourde et comme un peu tremblante. — Je pars après-demain, et je paierai avant de partir.

— C'est qu'on règle habituellement tous les huit jours... C'est une coutume absolue... Voici quinze jours que vous êtes ici, et M. Cotereau (c'était le nom du patron de l'hôtel) m'a dit qu'il ne pouvait attendre davantage.

— Après-demain, je ne vous devrai plus rien! — répliqua M. Gudin, avec hauteur et d'un ton résolu; — puis il sortit, sans attendre la réponse.

— Après-demain! — grommela le gérant. — Il y a déjà huit jours qu'il devait s'embarquer sur le paquebot de New-York... puis il a changé d'avis... Partira-t-il, cette fois-ci?

Marius Melvil avait assisté à cette scène sans y attacher grande importance, et surtout sans paraître en comprendre la portée.

— Ce jeune homme habite l'hôtel? — fit-il seulement, non en homme que cela intéresse, mais en homme qui a besoin de parler et qui en saisit la première occasion.

— La chambre à côté de celle *choisie* par monsieur, — répliqua l'employé. — Et c'est même dommage, car cela nous a empêché de la louer plusieurs fois à divers voyageurs... et ce monsieur ne dépense rien, ne mange même pas, la plupart du temps, à la table d'hôte.

Le gérant baissa la voix

— M. Cotereau n'est même pas très rassuré à son sujet. Il est à craindre qu'il soit sans argent... Il attend de Paris ou de province une lettre qui ne vient pas... et qui doit lui en apporter, — dit-il. — C'est même pour cela, je suppose, qu'il n'a pu profiter du dernier paquebot à destination des Etats-Unis.

En ce moment, le domestique qui avait pris la valise, sur l'ordre du gérant, rentra, annonçant que le 18 était prêt!

— Bien, Joseph, — fit le gérant. — Dès que vous aurez montré la chambre à monsieur, vous lui ferez monter du madère et des biscuits.

Marius Melvil salua le gérant et suivit Joseph; mais, en passant le seuil de la porte, il se croisa avec un troisième voyageur qui s'effaça pour le laisser sortir, et ne pénétra dans la petite pièce qu'après que son prédécesseur en fut sorti.

Celui-là aussi était jeune, bien qu'ayant quelques années de plus que Melvil et Gudin.

Son visage intelligent et distingué annonçait de vingt-sept à vingt-huit ans.

Il était châtain clair et portait toute sa barbe, qui était courte et frisée et paraissait fort soignée.

Quant à sa mise, c'était celle de tous les voyageurs : jaquette boutonnée et pantalon foncés, casquette et cache-nez, négligemment enroulé autour du cou.

Un garçon de l'hôtel portait derrière lui une petite malle.

Ce nouveau voyageur désirait aussi une chambre, et on lui désigna le n° 20 comme étant la dernière vacante.

Nos trois personnages allaient donc se trouver placés les uns à côté des autres, dans les trois pièces contiguës, portant les n°s 18, 19 et 20.

Le dernier s'inscrivit sous les noms de :

« *Edouard de Fouville, sans profession, allant à Paris, venant de Southampton.* »

Il déclara, de plus, qu'il ne resterait, sans doute, que vingt-quatre heures à l'hôtel

et qu'il n'y prendrait pas ses repas; — déclaration qui allongea singulièrement la face maigre de l'homme de confiance du sieur Coterceau.

Ces formalités remplies, il suivit le garçon porteur de la malle et s'enferma dans sa chambre.

Ses deux voisins en avaient fait autant.

Dès qu'il fut seul, il s'installa devant une petite table et écrivit une lettre.

Lire la suite dans la *Petite République française* du 27 Septembre 1886.

Le journal du 28 septembre publiera le Numéro gagnant donnant droit à **une Obligation du Crédit foncier.**

AVIS AU PUBLIC

Chaque brochure du ROMAN-GUIDE, *guide Annonce Universel*, dont vous avez un exemplaire entre les mains. porte un numéro (Voir la couverture).

Chaque série donne lieu à un tirage dont le premier numéro sortant gagne **une Obligation du Crédit Foncier.**

GARDEZ CETTE BROCHURE!!

Paris. — Imp. C. Murat, 33, rue de la Chaussée-d'Antin.

GRAND DÉPOT

21, Rue Drouot, Paris

PORCELAINES, FAIENCES ET CRISTAUX

SERVICE JOINVILLE, Cristal gravé

Service de Table complet, 12 Couverts, 52 Pièces

PRIX : 46 FRANCS

CARAFE A EAU

FLUTE CHAMPAGNE

VERRE A EAU

BORDEAUX

MADÈRE

SERVICE TUNIS GRAVÉ

Service de Table complet, 12 Couverts, 52 Pièces

PRIX : 46 FRANCS

CARAFE A EAU

FLUTE CHAMPAGNE

VERRE A EAU

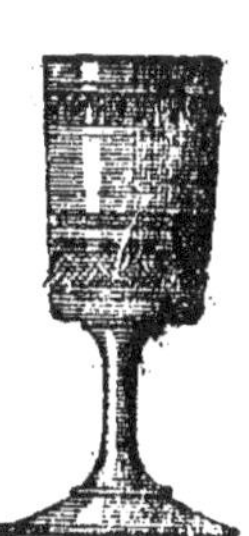
BORDEAUX

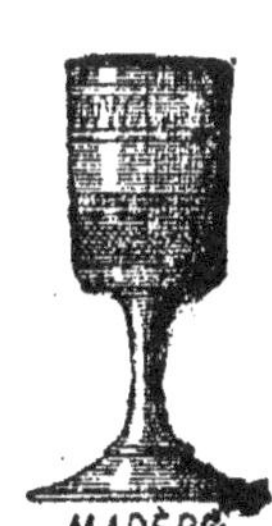
MADÈRE

Un Album colorié

ntenant **Six cents Modèles,** avec dimensions et prix, est envoyé **franco** contre un Mand
de deux francs remboursables à la première commande dépassant **20** francs.

www.ingramcontent.com/pod-product-compliance
Lightning Source LLC
LaVergne TN
LVHW021638170726
843501LV00007B/2282

* 9 7 8 2 3 2 9 6 4 8 5 4 5 *